Meine ersten W
Mein erstes ABC

Text und Illustrationen: Alexandra Dannenmann

A

das Auto

B

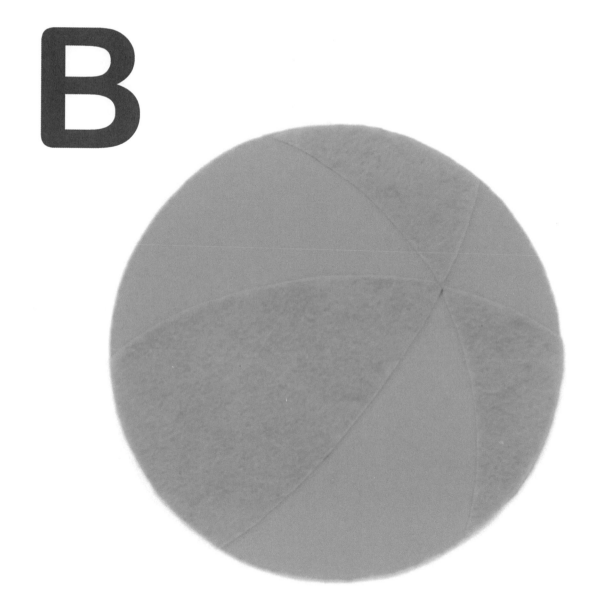

der **B**all

C

der Clown

D

der Drachen

E

die Eule

F

das Feuerwehrauto

G

die
Giraffe

H

der Hund

I

der Igel

J

die **J**acke

K

die Kette

L

die Lokomotive

M

die Maus

N

das Nashorn

O

der Omnibus

P

die Prinzessin

Q

die Qualle

R

der Regenschirm

S

die Socke

T

die Trommel

U

das **U**nterhemd

die **U**nterhose

V

der Vogel

W

der **W**al

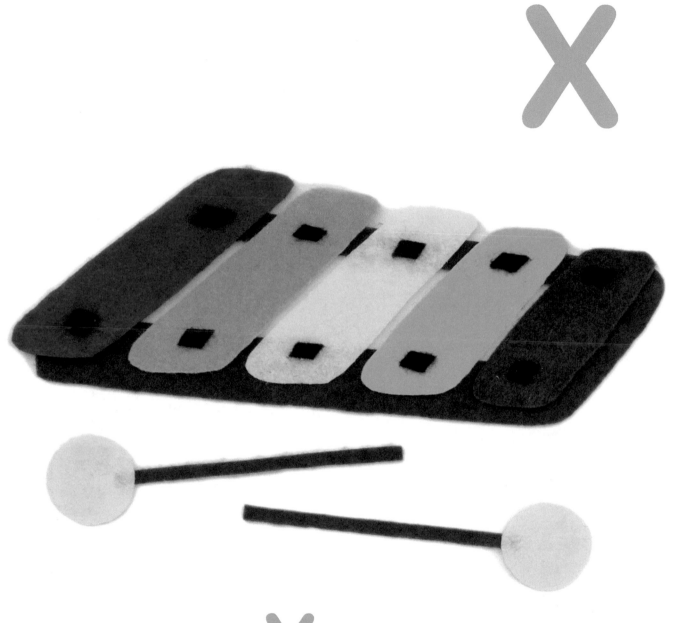

X

das **X**ylophon

Y

die Yacht

Z

das Zebra

Text und Illustrationen: Alexandra Dannenmann
Copyright © 2014 Alexandra Dannenmann
Alexandra Dannenmann – Stuttgart
www.facebook.com/AlexandraDannenmann.Kinderbuch
www.alexandra-dannenmann.de
ISBN: 1505203651
ISBN-13: 978-1505203653

Von Alexandra Dannenmann sind bisher folgende Kinderbücher erschienen:

Alle Bücher sind als Taschenbuch und E-Book bei Amazon erhältlich.

ab 2 Jahren:

Klein-Hasi
Was ich alles kann

Klein-Hasi
Was ich alles mag

Kann die Sonne schwimmen?
Ein Bilderbuch mit vielen
farbigen Illustrationen

Mein 1-2-3 Mäuschenbuch
Erstes Zählen von 1 - 10

Das Schweinchen mit dem
Ringelschwanz
Lustige Tierreime

Kleiner Kater Miezi
Eine sich reimende Bilderge-
schichte für die Kleinsten

ab 3 Jahren:

Lesespaß mit Anton und Pablo
Ein Bilderbuch zum Vorlesen
und Lesenlernen

Lesespaß mit Serafinchen
Ein Bilderbuch zum Vorlesen
und Lesenlernen

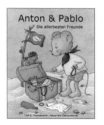

Anton und Pablo
Die allerbesten Freunde –
Vorlesegeschichten

Anton und Pablo
Die allerbesten Freunde –
Vorlesegeschichten 2

ab 3 Jahren:

Unsere kleine Wiese
Eine liebevoll illustrierte
Geschichte

ab 4 Jahren:

Ich, das Mini-Monster
Eine lustige Monstergeschichte
zum Vorlesen oder Selberlesen

ab 7 Jahren:

ERWACHSENE dürfen alles,
aber KINDER dürfen nix -
Geschichten zum Vorlesen
oder Selberlesen

Beschäftigungsbücher

ab 3 Jahren:

Lustige Weitermalbilder
Lieblingsbilder zum Weitermalen und Ausmalen

Rätseln, Kritzeln, Weitermalen
Rätsel und Lieblingsbilder zum
Weitermalen und Ausmalen

ab 4 Jahren:

Rätselspaß
mit Anton und
Pablo

Vergleiche
und finde die
Unterschiede

Lustige
Labyrinthe

Made in the USA
Coppell, TX
02 December 2020